W0330956

SOPA DE LLIBRES

El paper utilitzat en aquesta edició compleix els requisits mediambientals FSC, que garanteixen un circuit sostenible en tota la cadena de producció.

© 2013, Teresa Blanch
© 2013, J. Á. Labari, per les il·lustracions
© 2013 d'aquesta edició: Editorial Barcanova, SA
Mallorca, 45, 4a planta. 08029 Barcelona
Telèfon 932 172 054. Fax 932 373 469
barcanova@barcanova.cat
www.barcanova.cat

Disseny: Manuel Estrada

Projectes: Sara Moyano
Edició: Montse Ballaró
Maquetació: Laura Rodríguez
Assessorament literari: Pere Martí

Primera edició: maig de 2013
Segona impressió: febrer de 2016

ISBN: 978-84-489-3218-3
DL B. 12027-2013

Printed in Spain

Reservats tots els drets. El contingut d'aquesta obra està protegit per la llei, que estableix penes de presó i multes, a més de les indemnitzacions corresponents per danys i perjudicis, per a aquells que reproduïssin, plagiessin o comuniquessin públicament, totalment o parcialment, una obra literària, artística o científica, o la seva transformació, interpretació o execució artística fixada en qualsevol tipus de suport o comunicada per qualsevol mitjà, sense l'autorització preceptiva.

No ho expliquis
a ningú!

SOPA DE LLIBRES

Teresa Blanch

No ho expliquis a ningú!

Il·lustracions
de J. Á. Labari

BARCANOVA
EDITORIAL

Per a la Mer Vilaubí,
que sempre té ganes d'explicar
anècdotes de viatges
i històries d'infantesa.

TERESA BLANCH

Per a la Valentina,
la meva petita cuca de llum.

J. Á. LABARI

ÍNDEX

1
On vas, Ferran?

Mitja hora abans de marxar de vacances, la Cloe va trucar a en Ferran, el seu millor amic, i li va demanar de reunir-se al banc *de sempre*, davant l'edifici en el qual vivien.

—Ens vam acomiadar ahir a la tarda —va dir el nen des de l'altra banda de l'auricular amb un fil de veu i amb ganes de plorar. Passar un mes sense la Cloe se li feia costa amunt!

—Ja ho sé! Però amb les presses em vaig oblidar d'una cosa molt important —va xiuxiuejar impacient la seva amiga.

—Ah! Si és així, baixo. —En Ferran va arronsar les espatlles i va penjar el telèfon.

A la terrassa, la mare i l'àvia prenien la fresca i mataven el temps amb una partida d'escacs, tot i que la mare, d'escacs, en sabia ben poc!

—No, filla, el cavall no l'has de moure... —va advertir l'àvia sense treure l'ull de les peces del tauler—. El meu alfil se'l cruspirà!

La mare va mirar enutjada l'àvia i va aixecar la cella.

—El col·locaré on vulgui —va rondinar amb la peça a la mà—. A més, és una estratègia meva.

—No em facis riure! Ha! Si el treus de la seva casella, la següent víctima serà la reina i després el teu pobre rei. Et guanyaré i haurem fet la partida més breu de la història... Per un cop, m'agradaria deixar-te guanyar! Però, filla, m'ho poses ben difícil i...

En Ferran va pensar que era el moment ideal per interrompre la partida.

—D'aixòòò... Torno de seguida!

La mare, encara amb el cavall a la mà, va fer una ganyota:

—On vas?

—A dir adéu a la Cloe.

—Una altra vegada? —La mare va fer cara de sorpresa, tot i que durant poca estona, perquè el soroll dels arbusts d'un dels extrems de la terrassa la va distreure. D'entremig de les fulles va aparèixer la cara riallera de la Nas-de-Mocs, la germana petita d'en Ferran.

—Jo també vinc! —va exclamar la nena.

—No —va respondre ferm el seu germà, i la Nas-de-Mocs es va tornar a capbussar darrere les plantes.

En Ferran va mirar la mare i l'àvia amb cara de pena.

—La Cloe es va oblidar de dir-me una cosa important.

—Només cinc minuts. —La mare va fer un cop d'ull al rellotge de polsera.

—Cinc minuts? —va exclamar en Ferran.

—I no arribis tard com l'altre dia! —va advertir la mare.

En Ferran estava palplantat al seu davant. «*Tard? Però si sóc molt puntual!*», va pensar. Quan feia tard, era per culpa de la Nas-de-Mocs... Però a la mare no li agradava que li anessin amb raons, i això no ho entenia.

—Au, vés, no perdis el temps —va apressar-lo la mare—. A veure, on érem...

—A punt de fer un disbarat —va dir l'àvia quan en Ferran abandonava la terrassa.

2
CINC MINUTS I PROU!

Va córrer cap a la porta, i mentre baixava els esglaons de dos en dos esbufegant, va fer uns càlculs mentals:

—Dos minuts i trenta segons! —va exclamar en Ferran sense alè.

Per sort, la Cloe l'esperava asseguda al banc amb cara seriosa. Molt a la vora, els pares de la Cloe carregaven les bosses en un taxi.

—No tinc gaire temps! —va dir sufocat, i es va asseure al costat de la Cloe—. Ràpid! El temps passa volant.

La Cloe el va mirar en silenci. No suportava que li donessin presses.

—Mai no et demano res, oi? —va començar a dir—. Doncs...

«*Un, dos, tres, quatre, cinc... dotze, tretze, catorze...*» En Ferran comptava els segons i feia un esforç per entendre tot allò que li deia la seva amiga, que no parava de gesticular. «*M'he descomptat... Un, dos, tres, quatre, cinc...*» Tenia la mirada fixa en la Cloe, però l'única cosa que importava eren els segons, que s'escolaven sense remei. Havia de demostrar a la mare que si no s'enduia la Nas-de-Mocs era la persona més puntual del món.

—Ferran? —La Cloe va interrompre els seus pensaments—. M'has sentit?

—No —va respondre, però de seguida va rectificar—. Vull dir, sí. Què has dit?

La Cloe va arrufar el nas i va repetir que ella mai no li demanava res de res, però que ara li havia de demanar una cosa.

—Molt important! —va remarcar la nena.

Llavors, en Ferran es va col·locar bé les ulleres i va pensar en tot el que la seva amiga li havia demanat el dia abans mentre preparava l'equipatge:

- La gorra vermella de visera nova de trinca que l'àvia li va dur de París.
- Dos còmics comprats amb la paga del diumenge i que encara no havia llegit.
- La samarreta ratllada sense estrenar.
- I la càmera de fer fotos, regal de la mare!

—Tot just ahir... —Quan en Ferran estava a punt de recitar la llista, la Cloe el va interrompre.

—Em faràs un gran favor —va dir la nena tot allargant-li una tortuga—. Té.

Tan bon punt en Ferran va tenir la tortuga a les mans, la nena va ficar el nas a la seva motxilla.

—Això? —va voler saber en Ferran mirant la tortuga.

—No em puc endur la Llepafils. Ets la meva persona de confiança, ja ho saps. L'únic que la coneix tan bé com jo —va dir la Cloe traient el nas de la motxilla.

Era cert: en Ferran i la Llepafils havien passat molt bones estones jugant!

—D'acord. Me'n puc anar? —i es va aixecar amb la tortuga a la mà.

—No! —La Cloe li va subjectar la samarreta i el va obligar a seure de nou al banc mentre treia un misteriós paquet de la motxilla. Es va acostar a l'orella del seu amic—. El favor que m'has de fer és aquest. Té! —va xiuxiuejar tot allargant-li el paquet.

3
Què hi ha dins?

Uns quants metres amunt, a tocar dels núvols, la mare, l'àvia i la Nas-de-Mocs contemplaven l'escena.

—Li ha fet un petó? —va dir l'àvia assenyalant els dos nens.

—Ecs! —va fer la Nas-de-Mocs traient la llengota.

—Li ha donat una capsa! —va observar la mare somrient—. Entrem a casa! Si en Ferran mira cap amunt i ens descobreix, s'enfadarà.

—Què hi deu haver, dins la capsa? —va preguntar l'àvia recolzada a la barana.

—Segur que són xocolatines —va respondre la Nas-de-Mocs—. Com que la mare de la Cloe és gerent d'una fàbrica de xocolata, sempre n'hi duu un munt.

—Deu ser això! —A l'àvia els ulls li feien pampallugues només de pensar-ho.

—Mmm! —A la Nas-de-Mocs la boca se li feia aigua.

—Ja n'hi ha prou! —La mare les va estirar de la màniga i les va fer entrar.

De fet, la capsa que la Cloe li acabava de lliurar era quadrada i no gaire grossa, i probablement era una capsa de xocolata de la fàbrica de la seva mare, que la nena havia reciclat. A cada banda, en lletres vermelles, s'hi llegia *FRÀGIL*.

Aquell embalum devia contenir alguna cosa realment important!

—Què hi ha? —va preguntar en Ferran, intrigat.

Com a resposta, la seva amiga li va indicar que l'obrís i en mirés l'interior. En Ferran va deixar la Llepafils al banc i amb les dues mans va sacsejar la capsa suaument.

—Vés amb compte! —va advertir la Cloe duent-se les mans al cap—. Es podria trencar!

La va obrir amb tanta delicadesa com va saber i hi va acostar el cap per mirar l'interior. Però, immediatament, el va aixecar.

—Un ou? —En Ferran va mirar la Cloe estranyat.

—Psss! No cridis! —va xiuxiuejar la Cloe mirant a banda i banda.

—Què vols que en faci, d'un ou? —va demanar el nen, tot dipositant-lo al banc, vora la Llepafils.

La Cloe va tornar a arrufar el nas i va mirar el seu amic com si li hagués fet la pregunta més poca-solta del món.

—*Només* l'has de covar fins que jo torni!

Havia dit *només*? Per uns instants, en Ferran es va imaginar fent de gallina lloca. Però el clàxon del taxi el va tornar a la realitat. Havia arribat l'hora de marxar! Calia que s'acomiadessin.

—És un experiment. Vull que en neixi un pollet groc. —La nena el va mirar fixament—. Ho desitjo més que cap altra cosa del món.

Llavors, la Cloe va estampar un petó al cap de la Llepafils i li va aconsellar que es portés bé, que s'ho mengés tot sense protestar i que no fes enfadar en Ferran. Després va córrer cap al cotxe.

Abans de pujar-hi, però, encara es va tombar i va mirar el seu amic. Estava dempeus, palplantat aguantant la capsa i mirant-la fixament.

La Cloe li va enviar un petó amb la mà.

—No ho expliquis a ningú!

—El què? —va dir en Ferran intentant que les llàgrimes no li llisquessin galtes avall.

—Ja ho saps! —va exclamar la Cloe des de la finestreta oberta.

En Ferran va observar com s'allunyava carrer enllà i va sospirar. La Llepafils allargava el cap vers ell i el mirava de fit a fit.

—Què farem tants dies sense la Cloe? —li va preguntar tot acaronant-li el cap—. Au, anem a casa...

Durant uns segons, mentre caminava cap a la porta d'entrada, va tenir l'estranya sensació que havia oblidat alguna cosa.

«*Les claus de casa!*», va pensar.

Va deixar la capsa a terra, es va posar de puntetes i va prémer el botó de l'intèrfon mentre mirava la Llepafils.

—Qui és? —va respondre una veu de nena.

—Jo.

—Jo? —va repetir la nena.

—En Ferran.

—No conec cap Ferran —va dir la nena.

—El teu germà! —En Ferran s'impacientava, i va pensar que per culpa d'aquella nena tornaria a arribar tard!

—No tinc cap germà —va respondre la nena.

La mare i l'àvia sempre els deien que no obrissin la porta als desconeguts. Però semblava que la Nas-de-Mocs no ho havia entès gaire bé!

—Obre! —va cridar en Ferran, enutjat—. Cap de suro!

—Mamààààà!

«Ploramiques», va pensar amb les dents serrades. I llavors, a través de l'intèrfon, va sentir les passes de la nena allunyant-se a la recerca de la mare.

«Ho veus com sempre faig tard per culpa seva, mare!» Era evident, i la mare no podria dir-li més que era un busca-raons.

Va esperar uns vint segons, però no l'obrien. Llavors, va mirar fixament el botó de casa i el va prémer amb insistència.

—Sí? —va respondre la Nas-de-Mocs.

—Sí? —Una veu de dona es va barrejar amb la de la seva germana—. Qui és?

—Sí, qui és? —va preguntar la Nas-de-Mocs com una mona de repetició.

Com és que responien dues persones alhora? Hi havia una interferència de timbres? Qui era aquella dona? I, pitjor, qui era la nena que havia contestat abans? Hi havia convidats a casa?

I, en aquell moment, els colors li van pujar a la cara en recordar que el primer cop havia trucat per inèrcia, sense mirar els botons, i es devia haver equivocat de pis!

—Perdó... Jo... És que... m'he equivocat... —es va disculpar.

—D'acord! —va respondre la veïna, i va penjar.

—Ah! —va dir la Nas-de-Mocs, i va penjar.

Per fortuna, el veí de l'entresòl sortia al carrer per treure a passejar el gos i va aguantar la porta per tal que en Ferran pogués entrar.

4
No és un regal...

Va arribar al replà de casa suat com un poll i va trucar. A l'altra banda de la porta, va distingir les passes de l'àvia. Mentre esperava, va decidir que havia d'amagar l'ou. Després, ja pensaria en la manera de covar-lo.

—Arribes tard, noiet! Què hi dus, en aquesta capseta? —va preguntar l'àvia en obrir.

—Fulles d'enciam per a la Llepafils —va mentir en Ferran.

Les paraules de la Cloe repicaven dins el seu cap: «No ho expliquis a ningú! No ho expliquis a ningú! No ho expliquis a ningú!»

—Doncs deuen ser de porcellana! —va dir amb una rialleta sorneguera en assenyalar les lletres vermelles de *FRÀGIL*.

En Ferran va pensar que aquella capsa cridava massa l'atenció. Per evitar preguntes, va decidir anar directament a la seva habitació, l'únic lloc en el qual la capsa estaria segura.

Caminava concentrat pensant quin seria el millor amagatall quan, inesperadament, al mig del passadís, va aparèixer la mare i li va agafar la capsa de sota el braç!

La Llepafils i en Ferran es van mirar amb cara d'esglai.

—On vas tan de pressa? —va preguntar amb un gran somrís—. I què hi duus, aquí dins?

La mare sospesava l'embalum i, finalment, se'l va acostar a l'orella. Semblava que les orelles li creixien quan volia assabentar-se d'alguna cosa important!

Però en no sentir cap soroll, la hi va tornar.

—Hauries de compartir el regalet —va insinuar.

La mare li barrava el pas i feia saltirons d'esquerra a dreta per tal que en Ferran no pogués escolar-se per cap forat.

—És molt dolça la Cloe —va dir, i va picar l'ullet.

—No és cap regal —va explicar en Ferran.

—Ah, no? —va dir esbufegant—. Alesores, què és?

—Enciam —va respondre el nen sense mirar la mare als ulls. Sabia que si la mirava de fit a fit descobriria que mentia.

—Enciam? —La mare es va fer cap a una banda.

Abans de continuar endavant, en Ferran es va assegurar que ningú no el seguia i, un cop a l'habitació, va tancar la porta.

—Grrrr! —va rugir la Nas-de-Mocs sortint de sota el llit.

En Ferran va tenir un ensurt tan gran que va faltar ben poc perquè no se li esmunyís la Llepafils de la mà i la capsa caigués a terra!

—Què hi fas, a la meva habitació?! —va exclamar. Va deixar la Llepafils a terra, i es va afanyar a ocultar la capsa sota la samarreta.

Massa tard!

A la Nas-de-Mocs no se li escapava res!

—Què és? Jo també en vull! —va dir la nena amb la boca tan oberta que gairebé se li veia la campaneta!

En Ferran no va poder respondre perquè la seva germana se li va llançar al damunt i...

—Ahhhh!

…va perdre l'equilibri i van rodolar per terra. En un tres i no res, la Nas-de-Mocs, un esquitx de no més d'un pam, tenia la capsa a les mans!

Es va aixecar d'una revolada i la va observar amb atenció.

—*FRÀGIL*! —va llegir—. La Cloe sempre et dóna xocolatines.

 —No són xocolatines! —va exclamar en Ferran.

—Ah, no? —va fer la nena amb cara de curiositat, passant-se la llengua pels llavis.

—No... —va repetir el nen—. Si l'obres...

—Què? —va voler saber la seva germana.

El cap d'en Ferran anava a mil per hora. Havia d'empescar-se'n alguna abans no fos massa tard!

«Ja ho tinc! La Nas-de-Mocs no suporta l'enciam...»

—Si obres la capsa, s'escaparà una flaire espantosa... —va dir el nen simulant indiferència— d'enciam covat i podrit!

—Ecs! —va fer la nena. I va allunyar la capsa del seu nas tant com els braços li ho van permetre.

«Sí! Tal com ho he previst. Ara me la tornarà!»

En Ferran va parar les mans per rebre la capsa amb una rialla d'orella a orella. La seva germana el va mirar de reüll, desconfiada. Les presses del seu germà per recuperar la capsa la feien dubtar.

—Ara la capsa és meva.

En Ferran va quedar glaçat. El pla no havia funcionat, i la Nas-de-Mocs havia obert la capsa. Però quan va mirar l'interior, va fer cara de sorpresa i la va tancar.

—Té —i la hi va tornar amb una ganyota—. No la vull.

Semblava que a la Nas-de-Mocs aquell ou no li interessava en absolut!

5
El millor amagatall

Quan la Nas-de-Mocs va ser fora de l'habitació, en Ferran va triar un amagatall per a l'ou de la Cloe.

I aleshores, fruit de les presses, va tenir una altra idea: «JA HO TINC! A LA NEVERA!»

Va dipositar la capsa sota el coixí i va córrer a la cuina. La mare i l'àvia xerraven a la terrassa. I la Nas-de-Mocs on era? En Ferran va parar l'orella. Aquella nena petita tenia el mal costum d'aparèixer en qualsevol racó i donar ensurts a tort i a dret!

La cuina estava a les fosques i en silenci. Per això va entrar-hi amb molta precaució, i durant uns segons va romandre quiet, a l'expectativa. El cor li bategava a mil per hora.

«Nas-de-Mocs? T'amagues aquí?», li hauria agradat cridar en veu alta. El silenci sepulcral de la cuina es va veure interromput pel BUM-BUM! BUM-BUM! BUM-BUM! del seu cor.

Va escodrinyar darrere la porta. Segur que la trobaria allà, dreta i quieta com un pal.

BUM-BUM!

BUM-BUM!

BUM-BUM!

No...

Va donar un cop d'ull darrere el mostrador. «*Potser s'està arraulida aquí al darrere?*»

Va sospirar alleujat. La Nas-de-Mocs no es veia enlloc. Aleshores, sense encendre el llum, va obrir la nevera:

Iogurts
Un plat de macarrons del migdia
Un pot de melmelada de maduixa

«*On són els ous?*», va pensar.

Tomàquets
Pastanagues
Una maduixa de plastilina

«*De plastilina?*» Un altre dels experiments de la seva germana. Aquella Nas-de-Mocs era un cas!

Una escarola
Cogombres
Un pebrot vermell
Dos pebrots verds
Mantega

«*I si miro a la porta?*» És clar, era allà on havia de mirar!

Un bric de gaspatxo
Dues ampolles de llet i...
Mitja dotzena d'ous dins l'ouera de cartró

«Quina idea més absurda que he tingut! Si l'ou s'ha de covar, no el puc posar a la nevera.»

Estava immers en aquests pensaments fins que...

Clic!

...algú va encendre el llum. En Ferran va fer un crit!

—Què fas a la cuina amb el llum apagat? —es va interessar de manera sospitosa la Nas-de-Mocs.

Al seu darrere va fer acte de presència la mare, seguida de l'àvia.

—Tens gana? —va preguntar la mare per damunt la porta de la nevera.

En Ferran estava immòbil. Aquelles tres dones l'envoltaven. No tenia escapatòria.

—Toc! Toc! Toc! Hi ha algú? —va fer l'àvia.

I a en Ferran només se li va acudir de dir:

—M'esteu espiant?

La mare, l'àvia i la Nas-de-Mocs van intercanviar mirades de suspicàcia.

Es va obrir pas entre elles i va tornar a la seva habitació, on hi havia la Llepafils.

Llavors se li va acudir una altra idea: «La boina de llana que l'àvia va comprar a París i que no es posa mai em servirà per guardar l'ou calentó!»

Així doncs, es va esmunyir a l'habitació de l'àvia. La boina estava penjada darrere la porta.

6
On és?

Com a mesura de precaució, en Ferran va tancar la porta de la seva habitació, i al defora va penjar un cartell que deia: NO ENTREU.

Va deixar la boina damunt el llit i va treure la capsa de sota el coixí mentre xiuxiuejava:

—Ja veuràs quina escalforeta dins la bo...

En obrir la capsa, va emmudir. Era buida!

Va donar un cop d'ull al seu voltant. La Llepafils feia intents de pujar damunt el patinet.

—No has estat tu, oi? —va voler assegurar-se, i va acaronar el cap de la tortuga.

Fet una fúria, va sortir com un llamp a buscar la Nas-de-Mocs. Era a la cuina, damunt un tamboret, rentant patates amb l'àvia.

—Torna'm ara mateix allò que m'has agafat! —va dir molt enfadat.

—Què vols? —La Nas-de-Mocs el va mirar estranyada.

—Ja ho saps, allò de la capsa!

—Què? —va preguntar estranyada.

—No us baralleu! —va advertir l'àvia.

En Ferran estava desconcertat. Sabia perfectament si la Nas-de-Mocs mentia, i la cara interrogant de la nena demostrava que almenys aquell cop li deia la veritat.

«*Aleshores, qui el té?*», va pensar preocupat. En Ferran va tornar a la seva habitació. Pel passadís es va encreuar amb la Llepafils, que anava en direcció a la cuina. En veure en Ferran, la tortuga va fer mitja volta, exhausta, i el va seguir.

Assegut davant l'escriptori, va agafar un bloc de notes i va escriure:

Va observar les anotacions amb deteniment i va començar a descartar:

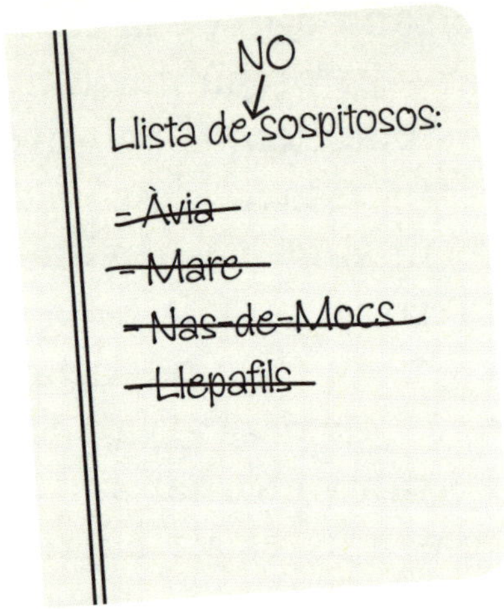

I en el mateix instant en què es veia perdut, en Ferran va tenir un mal pressentiment. Va fer un esforç per recordar i va tornar a l'escena en la qual s'acomiadava de la Cloe. Llavors ho va veure clar...

—Oh, no... —va exclamar amb la boina a les mans, i va córrer cap a la porta d'entrada del pis.

—I ara on vas? —va dir la mare, palplantada al rebedor—. No són hores.

—Torno de seguida!

En Ferran va baixar els esglaons de quatre en quatre fins a arribar al carrer.

L'ou continuava al mateix lloc on l'havia deixat, potser una hora abans, en treure'l de la capsa per mostrar-lo a la Llepafils. Va respirar alleujat. Va agafar l'ou amb delicadesa i el va dipositar dins la boina de llana.

A l'entrada de casa l'esperaven la Llepafils, la mare, l'àvia i...

—On és la Nas-de-Mocs? —va preguntar en Ferran.

—No et vull ni sentir. Has marxat sense el meu permís. Vés immediatament a la dutxa —va manar la mare.

Quan es disposava a fer el que la mare li deia, l'àvia hi va ficar cullerada.

—Aquesta boina és idèntica a la que em vaig comprar a París, oi?

—No me'n recordo —va dir la mare—. Diria que vas comprar una gorra...

—Sí, filla —va explicar l'àvia—, una gorra per a cada nen, però una boina per a mi.

—No ho sé —va continuar la mare.

—M'estàs dient desmemoriada? —A l'àvia no li agradava gaire que li duguessin la contrària!

En Ferran va aprofitar la conversa entre mare i filla per esmunyir-se a la seva habitació. Va deixar la boina damunt el llit i va comprovar que l'ou estava perfectament embolicat i ocult. Mentre preparava el pijama, va fer un encàrrec a la Llepafils:

—Que no s'hi acosti ningú!

La tortuga va estirar el coll.

7
A SOPAR!

Quan en Ferran cantussejava tranquil·lament a la dutxa, una ombra misteriosa i allargada movia el pom de la porta i s'escolava a la seva habitació. La Llepafils va començar a tremolar, i a mesura que la silueta s'atansava, ella s'arronsava dins la closca. De sobte, l'ombra va allargar una mà i, a les palpentes, va engrapar la boina. Tot seguit, l'ombra va sortir i va tancar la porta al seu darrere.

—A soooopaaaar! —van cridar alhora l'àvia i la Nas-de-Mocs.

En Ferran es va aturar davant l'habitació i va entreobrir la porta. Un segon esgarip de la mare el va dissuadir d'entrar-hi:

—Immediatament!

Sabia per experiència que quan l'àvia i la mare tenien gana es transformaven en dues feres. Així doncs, des del llindar, i intentant escodrinyar la foscor de la seva cambra, va deixar anar:

—Tot en ordre, Llepafils?

Però no va ser a temps de comprovar-ho.

—No ho vull repetir! —va bramar la mare.

Va apressar-se a arribar a la cuina. Les tres dones l'esperaven assegudes al voltant de la taula rodona. En Ferran va ocupar el seu lloc i, en mirar el sopar, un calfred li va recórrer l'espatlla.

—Mira quina truita de patates! —va exclamar la Nas-de-Mocs, contenta—. És de quatre ous.

—Ous! —va repetir en Ferran. El que menys desitjava en aquell moment era parlar d'ous. Amb un en tenia prou. L'havia tingut ocupat tota la tarda!

—Ha, ha, ha! —va riure l'àvia.

—Els ha trencat i batut la teva germana... —va dir la mare mentre tallava la truita en quatre trossos.

En Ferran va menjar la seva porció de truita en silenci. No podia treure's del cap l'ou de la Cloe. Havia de tornar a l'habitació a donar-hi un cop d'ull. Però tot i que sopava de pressa...

—T'ennuegaràs —va dir l'àvia—. Menja més a poc a poc.

...i va ser el primer d'acabar, va haver d'esperar assegut fins que tothom va haver sopat. Aleshores es va aixecar d'una revolada.

—He de donar menjar a la Llepafils! —va excusar-se.

—Per cert, la boina és la que em vaig comprar a París —va assegurar l'àvia a la mare. I llavors va dirigir-se al seu nét—: Com és que l'has agafada?

El so del telèfon el va salvar. Tot i això, no va saber reaccionar i va romandre dempeus, quiet com una estàtua. Durant uns segons, la mare, l'àvia i la Nas-de-Mocs passejaven la mirada entre el telèfon i en Ferran, com si es tractés d'un partit de tenis. Finalment, en veure que el nen no es movia, la mare es va aixecar i va despenjar l'auricular.

—Digui?

—I es pot saber què feia un ou amagat dins la boina? —L'àvia va reprendre la conversa amb el seu nét.

—Ha anat bé? —De fons, la mare continuava parlant—. Ah! És clar... Sí, sí...

—No ho acabo d'entendre —continuava l'àvia—. L'ou és a...

—Mira les closques —va dir la Nas-de-Mocs agafant-les de damunt d'un dels marbres de la cuina.

En Ferran va empal·lidir i va mirar els plats de truita que s'acabaven de cruspir. Li va venir mal de panxa. Llavors la mare li va allargar l'auricular.

—És per a tu —va xiuxiuejar.

—Ferran? —va dir una veu a l'altra banda de l'auricular.

8
UN MALSON

La Cloe!

—Em sents?

«Què li dic? Que m'he menjat el seu experiment?»

—Sí —va fer amb un fil de veu.

—Hola! —La Cloe semblava molt contenta.

—Hola... —En Ferran no tant.

—Què fa la Llepafils?

—És a la meva habitació —va respondre en Ferran.

—M'encantaria parlar amb ella —va dir la Cloe com si res—. Saps si em troba a faltar?

En Ferran es va encongir d'espatlles i va pensar que la seva amiga tenia idees de bomber.

—I l'ou?

Acabava de fer la temuda pregunta. En Ferran es va estremir, va mirar el plat del sopar i va engolir saliva.

—Bo… —Els nervis l'acabaven de delatar. Va provar d'arreglar-ho de la millor manera—: Bé…

La Nas-de-Mocs l'observava amb cara de llàstima.

Aquella nit, en Ferran no va poder dormir de cap de les maneres.

De cara amunt

De bocaterrosa

De costat

Abraçat a la Llepafils

Sense la Llepafils

Capiculat

Estava neguitós!

Finalment, va esgotar el darrer recurs que li quedava: comptar ovelletes.

«Una, dues, tres...» Les ovelletes saltironejaven. Aleshores va aparèixer un prat immens.

«No, millor no imaginar cap prat», va pensar en Ferran per por que les ovelles es dispersessin i les perdés de vista.

«Quatre, cinc i sis...» Va badallar. El recurs de les ovelles funcionava! Era hora de fer un ramat!

Però tot es va espatllar en veure l'ovelleta número 7 plena de plomes. La 8, la 9 i la 10, fins i tot tenien ales i bec. La resta ja no eren ovelles: eren gallines!

—Ai! —va sospirar en Ferran, i va optar per no trencar-s'hi el cap.

«Tant li fa si són ovelles o gallines. La qüestió és comptar per adormir-me!»

El que no estava previst és que les gallines decidissin pondre ous! I ho feien amb tan poca cura, que cada un dels ous queia a terra i acabava esclafat.

En lloc de tenir son, en Ferran s'estava posant nerviós i tenia els ulls més oberts que mai. Tanmateix, va decidir romandre estirat: miraria el sostre i deixaria passar les hores. Un maleït piu-piu repicava al seu cervell. Semblava tan real!

Finalment, sense adonar-se'n, els ulls se li van tancar definitivament i es va trobar enmig d'un somni.

Era a la cuina.

Sol.

Els budells li feien soroll.

Va obrir una nevera plena d'ous de totes les mides!

—Ferran! Ferran!

Els ous el cridaven! Tenien vida pròpia!

—Nooooo! —En Ferran es va incorporar sobresaltat.

—Ferran! —Era la Nas-de-Mocs qui el cridava, asseguda damunt el seu llit amb ganes de gresca—. T'he de dir una cosa!

—Deixa'm! —va respondre el seu germà.

—És de dia —va dir la nena—, l'esmorzar és a taula i...

En Ferran es va posar les ulleres.

—No tinc gaire gana —i va sospirar.

—Saps què? Tinc un secret!

La Llepafils, des de la tauleta, va allargar el cap.

—El vols saber? —La Nas-de-Mocs semblava inquieta.

—No m'interessa res del que em puguis dir —i el nen va badallar—. Tinc coses més importants en què pensar!

La Nas-de-Mocs es va arronsar d'espatlles, va baixar del llit, va agafar la Llepafils i li va dir:

—D'acord! Només ho explicaré a la Llepafils. —La nena va somriure i va anar cap a la seva habitació amb la tortuga sota el braç.

Aquell matí en Ferran estava molt desanimat. Encara li semblava sentir el piu-piu del seu malson... Es va fregar els ulls i va anar a esmorzar.

9
Fred, fred!

En arribar a la terrassa, on esmorzaven els dies de calor, la mare i l'àvia els esperaven. En Ferran va donar un cop d'ull ràpid i, alleujat, va descobrir que no hi havia ni rastre d'ous passats per aigua o d'ous durs per esmorzar! Això el va tranquil·litzar una mica, perquè la paraula que menys volia sentir era...

—Ous! —va exclamar la mare—. Hem de comprar-ne mitja dotzena. També ens fa falta un paquet de sucre, cebes...

Tan bon punt van acabar d'esmorzar, la mare i l'àvia van anar a la cuina i van anotar tot allò que necessitaven per omplir el rebost. La Nas-de-Mocs també es va aixecar d'una revolada, va anar a la seva habitació i va tornar tota bruta de pintura. Al cap d'uns segons, es va esmunyir darrere els arbusts de l'extrem de la terrassa. Semblava molt atrafegada.

—Psssst! —va fer la Nas-de-Mocs.

En Ferran es va tombar.

—Vine... —va xiuxiuejar la nena.

En Ferran va fer que no amb el cap.

—No vols saber el meu secret? —va dir la nena.

—No m'interessen els teus secrets de nena petita —va assegurar en Ferran.

La Nas-de-Mocs, amb el cap entre les fulles de l'arbust, el mirava amb cara de sorpresa.

—N'estàs segur?

El seu germà es va arronsar d'espatlles.

—Et dono una pista? —va continuar la Nas-de-Mocs.

—No.

Però com que a vegades la seva germana feia veure que no el sentia, en lloc d'una pista li va cantar una llista de pistes:

Una cosa...

Petita

Blanca

Groga

Comestible

Davant el silenci d'en Ferran, va continuar:

—I ara et donaré la darrera. Espero que ho endevinis: si és ferrat no diu ni piu!

En Ferran es va aixecar d'una revolada i va córrer cap als arbusts.

—L'ou! —va exclamar.

—Molt bé, ho has endevinat —va respondre la Nas-de-Mocs picant de mans.

—Així doncs, no ens l'hem menjat?

—No! —va exclamar la Nas-de-Mocs—. L'àvia el va deixar a la nevera i jo el vaig agafar.

El nen va recordar el malson que havia tingut aquella mateixa nit. L'ou el cridava de la nevera estant!

—Torna-me'l! —En Ferran estava impacient per recuperar-lo.

—Ara és meu! —va dir la Nas-de-Mocs.

—No és teu ni meu; és de la Cloe! —va exclamar.

—Ni parlar-ne...

En Ferran va vorejar els arbusts a la recerca de l'ou. Ben segur que el tenia en algun racó d'aquell extrem de la terrassa. Tot ho amagava allà, la seva germana; era el seu lloc de joc preferit.

Hi va donar un cop d'ull. L'ou no es veia enlloc.

«I si l'ha colgat dins un dels testos dels arbusts?» Un regalim de suor freda va mullar el front d'en Ferran.

—Fred! Fred! —va cantussejar la Nas-de-Mocs mentre s'allunyava al trot de la terrassa.

I en aquell instant, en Ferran va veure que en una de les butxaques del darrere dels pantalons de la seva germana hi havia alguna cosa de forma arrodonida.

—És l'ou!

—Si me'l prens, m'hi asseuré al damunt i l'esclafaré —va dir rient la Nas-de-Mocs.

Per sort, la mare i l'àvia contemplaven l'escena.

—Què duus a la butxaca dels pantalons? —va voler saber l'àvia.

—És l'ou que hi havia dins la boina de París... —va dir avergonyida la Nas-de-Mocs—. Però...

—Vés a deixar-lo a la nevera! —va manar la mare.

—Nooo! —va exclamar en Ferran, i com que la mare i l'àvia no entenien el seu estrany comportament, no li va quedar cap altre remei que explicar tota la història.

De seguida, la Nas-de-Mocs va haver de treure l'ou de la butxaca i el va mostrar damunt el seu palmell.

—Què... què has fet? —En Ferran mirava fixament la mà oberta de la seva germana, a punt de caure de cul a terra.

L'ou era ple de taques desiguals de tots colors! Però el pitjor de tot era l'esquerda dentada que l'envoltava. En Ferran es va col·locar bé les ulleres i va mirar més de prop la closca.

—Aaaah! S'ha esquerdat! —va exclamar.

—No, no... Es va trencar sol! Però l'he enganxat amb pega i no es nota gaire! —va dir satisfeta de la seva feina la Nas-de-Mocs.

—Amb pega? —En Ferran estava astorat. Va llançar una mirada suplicant a la mare i a l'àvia, les quals no se'n sabien avenir.

—I el millor de tot —seguia explicant la inconscient de la Nas-de-Mocs— és...

PATAPLAM!

La closca va caure a terra i va quedar feta miques.

—Oh, no! —van exclamar tots.

La Nas-de-Mocs va arrencar a córrer pel passadís en direcció a la seva habitació. El seu germà, la mare i l'àvia la van seguir entre renecs.

—Mireu! —va dir la nena quan els va tenir a tots palplantats al seu davant. I va assenyalar sota el llit. El terra era ple de taques de pintura. La mare estava a punt de fer un crit esfereïdor quan...

...de sota el llit va sortir la Llepafils acompanyada d'un pollet de colors!

Han escrit i han dibuixat...

Teresa Blanch

Vaig néixer poc després que un astronauta anomenat Neil Armstrong trepitgés per primer cop la Lluna. I molt em temo que aquest important fet històric va arrossegar un munt de misterioses coincidències relacionades amb la Lluna que han marcat diverses etapes de la meva vida. Per exemple, de ben menuda, vaig tenir un amic invisible que era un extraterrestre la mar de simpàtic que vivia a la Lluna. Ens comunicàvem des de la finestra de la meva habitació cada vespre a l'hora d'anar a dormir. De més gran, tot d'una, la Lluna, acompanyada d'un munt d'estrelletes, va tornar a fer acte de presència mentre jugava amb la meva germana petita i em va caure damunt el cap un trofeu que havia guanyat fent natació. En aquella època d'entrenaments diaris a la piscina, estava encaminada a convertir-me en una nedadora professional. Però anys més tard em vaig decantar pel periodisme i també vaig escriure el meu primer llibre, *L'Oslo vol pintar la Lluna*, el relat d'un nen que construeix una nau espacial per anar a la Lluna. De fet, després d'aquesta narració, vaig decidir escriure'n unes quantes més. Així van anar passant els anys, i em van dur unes quantes sorpreses, com, per exemple, el naixement de la meva fillola, a la qual van posar el nom de... Lluna! I fa pocs dies, vaig rebre una trucada del meu pare dient que la meva mare s'havia entestat a inscriure's en una llista d'espera per formar part del primer vol turístic interespacial a la Lluna! Però, tot això, no ho expliquis a ningú, perquè ben segur que no et creuran!

J. Á. Labari

Jo, benvolgut lector, una vegada també vaig ser un nen com tu, sí, com tu ara mateix. Potser era una mica més alt o una mica més baix, i amb alguna piga més o menys a la cara.

I, saps?, alguns dels millors records que tinc de la meva infantesa estan relacionats amb els contes que llegia quan tenia la teva edat. Sempre recordaré amb estima alguns dels contes que llegia ajagut al llit, assegut al sofà o estirat a la catifa.

Els entranyables personatges d'aquells contes són ara com vells amics que un cop vaig tenir la sort de conèixer.

La lectura, sens dubte, és una de les activitats més maques de la vida.

No saps la quantitat d'aventures meravelloses que et queden per descobrir i que t'estan esperant en girar cada pàgina.

Qui sap? Potser aquest conte que tens entre les mans i que he dibuixat amb tota la meva estima per a tu, quan siguis gran, el guardaràs encara en la teva memòria i, el més important...,

en el teu cor.